KB005659

정태성

네 번째 시집

버림

도서출판 **코스모스**

버림

머리말

─────

 저도 모르게 쓰기 시작한 시였는데 벌써 네 번째 시집을 내게 되었습니다. 지난 몇 개월 동안 어렵고 힘들었던 일이 많았지만, 그런 가운데 시를 쓰면서 스스로 위로를 받게 되기도 하고 마음이 편해지기도 했습니다.

 시를 쓰면서 삶에 대한 용기를, 저 자신에 대한 애착을 갖게 되었습니다. 문학은 이제 제 옆에서 항상 친구가 되어줄 것 같다는 생각이 듭니다. 보잘것 없는 글이지만, 그냥 부끄러움을 무릅쓰고 세상에 내놓습니다. 나중엔 더 나은 모습이 될 것을 기대하기에 용기를 내었습니다. 이 시를 읽는 여러분 중 한명에게라도 조그만 위로가 되었으면 합니다.

2021. 9

지은이

차례

차례

차례

차례

버림

나를 버립니다
그저 그냥 나를 버립니다.

나의 나 됨은
나를 버림으로 시작입니다.

그 사람을 버립니다
그저 그냥 그 사람을 버립니다.

나와 그 사람의 새로움은
그 사람을 버림으로 시작입니다.

그것을 버립니다
그저 그냥 그것을 버립니다.

그것의 있음은
그것을 버림으로 시작입니다.

이제 그 모든 것을 버림으로
나는 새로이 있습니다.

밝음

아무것도 없었습니다
어두움 뿐이었습니다.

창조의 순간에
빛이 있었습니다.

빛은 밝음입니다
어두움을 몰아내고 환해졌습니다.

밝아지니 모든 것을
볼 수 있었습니다.

사물을 볼 수도 있고
사람이 무엇인지
살아가는 것이 무엇인지
내 자신이 누구인지도
볼 수 있었습니다.

밝음은 지혜입니다.

내 삶을 밝혀주며
내 자신을 밝혀주고
내 주위와 이 세상을
밝혀주는 등불과 같습니다.

9

이제 제 삶도
그 지혜의 빛으로
밝아지길 바랄 뿐입니다

기다림

내 마음 알아줄 이 어디 있는가?
내 마음 받아줄 이 어디 있는가?

기다리고 기다리고 기다렸건만
언제나 오실련지 소식도 없네

겨울밤 내리는 하얀 눈일까?
여름밤 들리는 빗소리일까?

행여나 그일까 바래었건만
무심한 소식에 가슴 미어져

행여나 오늘일까 기다렸건만
서산에 해는 이미 저무네

다음 생에서

이생에서 못다 한 것
다음 생에서 하련다.

여기선 불가능하니
어쩔 수 없네

운명에 대적할 수 없으니
내려놓을 수밖에

이생은 잠시 왔다 가는 것
소리 없이 흔적 없이
왔다 가는 것

여름 끝자락

시간은 어김없이 흘러
이 여름도 지나가

너무나 많았던 일들
힘들었던 시간들

어떻게 지나온 것인지
나도 알 수가 없어

더위조차 느낄 수 없었던
이 여름의 시간들

옅어진 태양의 햇볕
가을은 다가오고

여름은 가지만
아쉬움도 남아

너의 모습

완벽하지 않아서 좋다
여유 있고
넉넉하고
꾸미지 않는
그 모습이 좋다

서슴없으니 좋다
하고 싶은 대로
나오는 대로
편안한 그 모습이 좋다.

아무 말이나 하니 좋다
기분 나는 대로
좋으면 좋고
싫으면 싫고
있는 그대로의
그 모습이 좋다.

그 자리

나도 모르게 그냥 걸었습니다
아무 생각 없이 그냥 걸었습니다.

걷다 보니 쉬고 싶었습니다
여기저기 너무 걸었나 봅니다

왜 거기서 쉬고 싶었는지 모릅니다
그냥 거기서 쉬고 싶었습니다.

편하게 모든 걸 내려놓았습니다
그리고 편하게 앉았습니다.

마음이 편했습니다
힘든 마음이 그저 편했습니다.

그 자리를 스쳐 지나는 줄 알았습니다
하지만 그곳에서 쉴 수 있었습니다.

편안한 그늘이 있었고
나는 거기서 잠이 들었습니다

아마 이제 깨어나지 못할 듯합니다
그 자리가 마지막 자리였나 봅니다

가야 할 때

밤이 깊어갑니다
이제는 가야 합니다.

짧지 않은 시간
편했습니다.

무거웠던 짐이
조금은 가벼워진 듯합니다.

머무르지 못하고
가야만 하기에

계속 있지 못하고
떠나야 하기에

그렇게 가야만 하는 게
나의 운명인가 봅니다

마음은 아프지만
어쩔 수 없다는 걸 압니다.

그렇게 나는
이제 가야 합니다.

언젠간

어디에 있는지 모르지만
왠지 가까이 있는 듯합니다.

아직 알게 된 지 얼마 안 되지만
오래 알고 지낸 듯합니다.

많은 얘기는 안 했지만
이미 많은 걸 얘기한 듯합니다.

아직은 잘 알지 못하지만
많이 알고 있는 듯합니다.

아직 만나지도 못했지만
언젠간 만날 수 있겠지요.

그날이 언제가 될지 모르지만
꼭 오길 바랍니다

멀리 있는

너무나 멀리 있어
만날 수 없습니다.

너무 오래 떨어진 채
많은 세월이 흘렀습니다.

하지만 아직도
기억엔 생생합니다.

아픔도 없었고
상처도 없었습니다.

그냥 이렇게 못 본채
세월만 흘렀습니다.

다시 만날 날이 있을까요?

아마 그날이 오지는
않을 듯합니다

고독

혼자 지낸 지
아주 오래입니다.

외롭고 허전해서
혼자가 싫었습니다.

하지만 이젠 고독에
익숙한 듯합니다.

나를 찾는 사람도
내가 찾아갈 사람도
이젠 남아 있지 않습니다.

이제 고독이
나의 친구인 듯합니다.

그렇게 흘러간 세월이
야속할 따름입니다

파란 옷

어느 날 파란 옷을 입고
나타났습니다.

의외였습니다.

나도 전에 파란 옷을
입었습니다.

무슨 일이 있었던 걸까요?

나를 보자 고개를
숙이고 지나쳐 갔습니다.

그 눈에서 아쉬움을
보았습니다.

그날이 마지막이었습니다.

지금은 어디서 무엇을
하고 있을까요?

한마디 말이라도 해 볼걸
너무 후회됩니다

그 눈빛과 그 얼굴이
아직도 내 마음에
남아 있는 건
무엇 때문일까요?

후회

후회되는 일이
너무나 많습니다.

먼저 다가가지 못한 것
알면서도 모른 척했던 것
너무 많이 생각했던 것
너무 조심했던 것
용기 내지 못한 것

이 모두가 후회될 뿐입니다.

하지만 아무 소용없다는 걸
너무 잘 압니다.

그래서 더 마음이
아파올 뿐입니다.

한 번만이라도 만날 수 있다면
얼마나 좋을까요?

멀어지는 하늘

매일 보는 푸른 하늘이건만
오늘은 유달라 보인다.

닿을 수 없는 곳이지만
오늘은 더 멀리 있는 듯하다

왜 이리 점점 멀어져 갈까?
나는 점점 작아지는데

이제는 바라보기도 벅차다
너무 멀고 너무 높아서

이대로 나는 여기 머물고
푸른 하늘은 더 멀어지리라

저 너머

눈 앞에 펼쳐진 드넓은 바다
이 많은 물이 어디서 온 것일까?
여기까지 오느라 얼마나 힘들었을까?

저 멀리 바다 한복판은 무한의 세계
나는 가까이조차 가볼 수도 없다
바닷가에 와서도 갈 수 없는 곳
내가 영원히 닿을 수 없는 곳

파도가 나의 가슴을 때린다.
그저 여기 서 있으라 한다.

수평선 너머로 석양이 진다.
태양이 지는 저 너머엔 무엇이 있는가?

나는 오직 이곳에서
그곳을 바라만 볼 뿐이다

부름

그가 부른다.
자기에게 오라고

여기 있는 모든 것을 내려놓고
나 이제 그곳으로 가려 한다.

그는 나를 따뜻하게 반겨줄까?
나에게 웃음을 보내줄까?

그곳에 가서도
나는 외롭지 않을까?

얼굴 마주 보며 웃을 수 있을까?
많은 이야기를 할 수 있을까?

내가 서 있는 이곳은
마음 편하지 않아

나 이제 모든 것 내려놓고
그곳으로 가련다

어떤 느낌

따뜻한 마음을 느낍니다
그 마음이 어디서 오는 걸까요?

너무나 외로움을 느낍니다
그동안 힘들게 살아와서일까요?

조그만 희망을 느낍니다
현재를 벗어나고 싶어서일까요?

함께하고 싶어 함을 느낍니다
조그마한 의지가 필요한 걸까요?

어서

어서 곧 만나면 좋으련만
아직 때가 아닌가 봅니다

그냥 만나도 될 것 같은데
조금 더 기다려야 할까요?

아무 문제도 없는 것 같은데
무엇이 가로막고 있는 걸까요?

모든 걸 허물어 버리고
그냥 만나고 싶습니다

남은 시간들

앞으로 남은 시간이
지나온 시간보다 훨씬 많습니다.

지난 시간은 다 잊고
남은 시간만 생각하면 됩니다

남아 있는 시간 속엔
더 좋은 일들만 있을 거예요.

보다 더 행복하고
보다 더 기쁘고
보다 더 즐거운
그런 시간일 테니까요

소식

오늘은 조용하기만 합니다
소식이 아직 없습니다.

무슨 일이 있는 걸까요?
혹시 아픈 것은 아닌 걸까요?

너무나 약하고
옆에는 아무도 없고
멀리 떨어져 있기에
닿을 수가 없습니다.

아무 일도 없어야 할 텐데
아프지나 않아야 할 텐데
시간이 갈수록 초조해지기만 합니다.

밤은 그렇게 깊어만 가는데
잠은 오지 않습니다

그곳

내가 간 그곳엔
아무도 없었습니다.

반가이 맞아주리라 생각했건만
아무런 인기척도 없었습니다.

문을 열고 들어가 보니
비워진 지 오래된 듯합니다.

어디로 간 것일까요?
소식 하나도 없이

여기서 기다려야 할까요?
찾으러 나가야 할까요?

이 공간이 빈 것처럼
제 마음도 비워지는 듯합니다

언제일까요?

이번엔 만날 수 있을까요?
아직 말도 못 꺼냈는데

어떻게 말을 해야 할까요?
쉽사리 말이 나오지도 않습니다.

편하게 얘기라도 하고 싶건만
웃으며 미소를 보내고 싶건만

그것이 가능할지 모르겠습니다.

따뜻하게 다 받아주고 싶건만
모든 얘기를 다 들어줄 수 있건만

아직 그것이 언제일지 모릅니다

별

깊은 산속에서 바라본 별
너무 밝고 아름다워

내 마음속에 들어온 별
정말로 밝고 아름다운데

날이 밝아 어둠이 걷히면
저 별이 사라지듯

나의 맘속에 자리 잡은
그 별이 사라질지도

비를 맞으며

비는 추적추적 내리기 시작하고
하늘을 보니 그치지 않을 것 같아

이제 정상에 올라왔건만
이 비를 다 맞고 내려가야 하네

어쩔 수 없이 그 비를 맞으며
산길을 따라 한없이 걸었네

길은 험하고 바람마저 거칠어지고
갈수록 힘에 부쳐 주저앉고만 싶어

누군가라도 같이 있으면 좋으련만
이 산엔 나 혼자인 것 같아

비가 그치길 기대하는 것도
바람이 잠잠하길 소원하는 것도

이젠 모든 걸 다 내려놓고
그 비를 맞으며 생각 없이 걸었네

무거운 발걸음 하나씩 옮기며
그 비를 다 맞았네

마지막 걸음을 마치고
하늘을 바라보니

그 짙은 먹구름도
서서히 물러가고 있었네

떠남

난 오늘도 떠난다.

나로부터 떠나고
다른 이로부터 떠나고
내가 있는 곳으로부터 떠난다.

어디로 가야 할지도 모른 채
그저 그렇게 떠난다.

갈 바를 모른 채 떠났고
방향도 모른 채 떠난다.

비는 세차게 내리붓고
바람도 거세게 부는데

그냥 정처 없이 떠난다.

어디서 쉬어야 할지도
누구를 만나야 할지도
무슨 일이 있을지도

전혀 알 수 없지만

나는 그저 그렇게 떠난다.

돌아올 기약도 없이
언제 돌아올지도 모른 채

나는 그렇게 떠난다.

삶은 그렇게
떠남의 연속일지도 모른다.

저 멀리

머나먼 이국땅
지구 반대편

마음은 이미
그곳에 있어라.

얼굴을 그리고
이름을 부르고

그리움에 사무쳐
이 밤도 새는데

밤하늘에
내리는 하얀 눈

이 눈이 당신이라면
그 얼마나 좋으랴

물줄기

커다란 흐름
내가 원하는 방향은 아닌데

돌아갈 수도
돌이킬 수도

강바닥을 파고
둑을 쌓아도
바뀌지 않는 물줄기

이미 때는 늦었을까?

바꿀 수 없다면
그냥 따라 흘러갈밖에

마음은 아프고
아쉬움도 많지만

미련으로 인한 눈물
바라는 바도 아니지만

그냥 맡기고 흘러갈 밖에

바라지 않으리라

나 아무것도 바라지 않으리라
사랑도 행복도 기쁨도
그때 잠시뿐

나 이젠 웃으리라
아픔도 슬픔도 외로움도
이제 곧 끝나리니

나 그렇게 말하리라
초록별 지구는
그런 곳이라고

눈꽃 세상

계곡을 타내리는
세찬 바람 소리

물 맑았던 계곡
두터운 얼음

활엽수 터널을 지나
하얗게 쌓인 눈을 밟으며

정다운 얘기와
웃으며 걷는 걸음으로

그렇게 걷고 걸어
하늘 아래 초원에 닿았다.

하얀 눈꽃으로
천지를 뒤덮은 드넓은 눈밭

탁 터진 공간과
영원할 것 같은 시간 속에
우리는 서 있었다

드넓은 이 하얀 세상에서
모든 것을 다 얻은 듯

우리는 그렇게
곰배령에 서 있었다

평가

기준이 무엇일까요?
그 기준이 맞을까요?

평가를 왜 하는 것일까요?
자신을 확신하나요?

자신의 잣대로
다른 사람을 재야 할까요?

다른 사람을 잰다는 건
그를 자신에 맞추겠다는 것이 아닐까요?

누구를 평가한다는 건
그를 사랑하지 않기 때문입니다.

평가하지 말고
그냥 있는 그대로 받아들이는 것
그게 진정한 사랑이 아닐까요?

정화

나의 내면이
깨끗해지고 싶어라.

여러 가지로 더럽혀진
나의 의식과 무의식에서
떠나고 싶어라.

나의 영혼과 삶이
맑아지기길

오염된 나의 마음이
정화되기를 바라노라

나의 순수한 본성이여
일어나라

깨끗함의 밀물이
모든 걸 쓸어가라

과거의 추함에서 벗어나
새로운 삶을 꿈꾸노라.

왜

군이 알아야 할까요?
나를 극복해야 하기에요

정말 알아야 할까요?
힘들기 싫어서요.

왜 알아야 하나요?
존재해야 하잖아요.

모르면 안 되나요?
의미가 없을걸요.

꼭 알아야 하나요?
거기 있으니까요.

왜 물었나요?
답이 있으니까요

잠은 안 오고

깊어가는 밤
잠이 오지 않아
창문을 열어보니

차가운 겨울바람에
마음만 추워지고

구름을 따라
바람을 따라

시간은 여지없이
그렇게 지나가네

어긋나지는 않을까?
늦지는 않을까?
기다리다 지칠까?

애타는 마음은
어쩔 수가 없고

소망과 희망의
구름을 타고

내 마음은
이미 그곳에 있네

밀가루 인형

이리 봐도 하얗고
저리 봐도 하얀
밀가루 인형

이리 만져도 물렁하고
저리 만져도 물렁한
밀가루 인형

왜 하얄까요?
왜 물렁거릴까요?

마음이 이뻐서 하얗고
마음이 착해서 물렁하죠

어떤 모습도 가능하고
어떤 변신도 가능한
밀가루 인형

어떻게 모든 모습이 가능할까요?
어떻게 변신이 가능할까요?

마음이 열려 있으니 어떤 모습도 가능하고
마음이 넓으니 변화가 가능하죠

아, 그러고 보니
당신은 누구를 닮았군요.

아, 맞아요
저는 그 사람을 닮은
밀가루 인형이랍니다

웜홀

가지 말라 했건만
기어이 건너고 말았습니다.

그곳과 이곳은
차원이 다른 시공간

내가 갈 수도
당신이 올 수도 없습니다.

한번 이별은
영원한 작별

이제는 돌이킬 수
없는 곳으로

당신은 그곳에서
나는 이곳에서

소통하지도 못하지만
마음은 영원하길 바랍니다

다리

우리는 항상
무언가를 건너야 하는지 모릅니다.

그쪽으로 가기 위해선
꼭 거쳐야 하는 게 있는 듯합니다.

더욱 더 성숙한 곳으로
더욱 더 나은 모습으로

지금보다 행복한 곳으로
지금보다 더 기쁜 곳으로
그리고 더 평안한 곳으로

용기가 필요합니다
두려움을 버리고
다리를 건널 용기가 필요합니다.

건너지 못하면
항상 그 자리에

어제 있던 그 자리에
오늘 있어야 하고

오늘 있던 그 자리에
내일도 있어야 합니다.

아무 생각하지 말고
그냥 용기를 내기만 해도
충분히 건널 수 있을 겁니다

다리는
우리의 보다 나은 자리를 위해
존재하는 것인지도 모릅니다

평안

지나온 과거
후회뿐이고

다가오는 미래
걱정뿐이네

얻은 것도 있지만
잃은 것도 너무 많아

오늘 이 순간도
감옥에 갇힌 듯

떠날 건 떠나고
보낼 건 보내리라

조그만 평안이라도
내 맘에 머물길

산책

예쁜 집을 나서니
겨울 같지 않은 햇빛

밤새 내린 눈을 밟으며
함께 걸었네

눈 밟는 소리
따뜻한 속삭임

손을 꼭 잡고
함께 걸었네

뒷산의 맑은 공기
청명한 하늘

삶의 여유를 느끼며
함께 걸었네

다음은 언제일까?
언제 또 같이 걸을 수 있을까?

함께 걸을 수 있으니
행복하고

같이 걸을 수 있으니
너무 좋아라.

나의 보호자

하나밖에 없는 나
나를 위해 내가 나서렵니다

나를 지킬 사람은
나밖에 없으니까요

그 누구도
나를 지켜주지 않기에

내가 나의
보호자가 되렵니다

외부에 의해
흔들리지 않고

다른 것에
영향받지 않기 위해

나의 내면의 강함으로
나를 스스로 조정할 수 있는 힘으로

내가 나의 보호자로
나서렵니다

나의 평안과 행복
나의 기쁨과 즐거움

나의 모든 것은
나로 비롯되기에

다른 것에 맡기지 않고
내가 나의 보호자가 되렵니다

변화

내 자신을 볼 수 있을까요?
나를 볼 수 없다면
다른 것을 봐도 소용없겠지요

어떤 모습일까요?
더 나은 나를 위한
과거나 현존의 자아가 아닐지요

변하지 않음은
나를 포기하는 것
아니 모든 걸 포기하는 것일 수도

초월은 볼 수 있음에서
극복은 타자로부터 바라지 않음에서

도약은 나의 현 모습의 탈피에서
비상은 답이 없음에서

내가 바뀐다는 것
모든 것의 시작이 아닐까요?

진정한 변화는
지금 이 자리에서 이 시간으로부터
비롯될 수 있지 않을까요?

재미나게

유치해도 좋아요
부담 없잖아요.

가벼우면 어떤가요
편하잖아요.

어려우면 뭐 하나요?
힘들기만 하는데

심각하면 뭐 하나요?
쓸데도 없는데

얼굴 펴세요
미소가 더 예쁩니다.

별 차이도 없는데
즐겁게 사는 게 훨씬 좋겠죠?

어차피
거기서 거기
재미나게 사는 게
백번 낫지 않겠어요?

오해

가까우니깐
오해하는 거겠죠

관심이 있으니
오해하구요

좋아하지도 않는데
오해할 리는 없으니깐요

오해로 인해
가슴도 아프고

상처도 입고
눈물도 났나요?

오해하게 해서 어쩌죠?
원인을 제공한
제 잘못이에요.

오해가 풀려
너무 다행입니다.

우린 그만큼
믿었던 거에요.

오해가 풀리니
더 친해지겠죠

다음에 만나면
다시 손잡고
산책이나 할까요?

미안해할 필요 없죠

의도하지 않은
조그만 실수

누구나 다 하는
악의 없는 실수

아무 의미 없으니
미안하다 마세요.

너무 미안해하면
서로 편치 못하니

없던 일로 생각하면
보다 자유롭겠죠

난 기억도 나지 않으니
미안하다 말을 할
필요도 없답니다

당신의 믿음

당신의 나에 대한 믿음은
태어나 처음입니다.

그러한 믿음을 나는
본 적도 경험한 적도 없습니다.

처음이라 당황스러웠고
내 스스로 놀라웠습니다.

나를 믿어 준 만큼
당신을 위해
나의 모든 것을 드리렵니다

그 믿음에 보답하기 위해
영원히 당신을 위해 애쓰렵니다.

이제는 당신은 혼자가 아닙니다
영원히 당신 옆에 내가 있겠습니다

만날 수 없음에

만날 수 없음에
만나지 못할 거라
생각도 못했습니다.

그래도 희망이 있었지만
그마저 사라졌습니다.

이생에선 이제
끝인가 봅니다

저세상에서도
기약할 수 없구요

어디서 잘못된 것일까요?
얄궂은 운명에 눈물만 흐릅니다.

인연이 아니었을까요?
스쳐 지나가는 인연도
이렇진 않을 텐데

뜻대로 하소서

내가 없음이 당신이 있고
나의 있음도 당신의 있음이라

내가 죽음으로 당신이 살고
나의 삶이 당신의 삶이라

지난 모든 것은 후회뿐
당신이 없었음이라

무릎 꿇어 모든 것을 맡기니
나의 모든 것을 당신이 주장하소서

모든 것을 잃었으니
이제 당신 밖에 의지할 바 없어라

모든 것을 내려놓으니
당신 뜻대로 하소서

자작나무

하늘로 높이 치솟은
하얀 자작나무

눈밭에 서 있으니
더욱 희어라.

얇은 껍질은
바람 소리마저 잠재우고

많은 기름기로
썩지도 않네

하얀 껍질은
그 순수함이며

곧은 치솟음은
한없는 고고함이라

배려

타자는 당신을 위한 존재도
당신의 만족을 위한 존재도
아닙니다.

타자는 당신의 도구도
당신의 대용품도
아닙니다.

당신이 좋아하는
타자일지라도

당신의 애착보다

타자가 싫어하는 것을
절제하는 것

그것이 진정한
배려일지 모릅니다.

배려하지 못함은
타자보다 당신이
앞서는 것일지 모릅니다

그러지 말아야 해

그러지 말아야 하는데
스스로 고통을 만드니

그러지 않아야 하는데
스스로 불행을 자초하니

충분한데도
부족하다고

많은데도
적다고

기쁠 수 있는데
찡그리고

신날 수 있는데
우울하고

재미있는데
지루하다고

살만한데
못살겠다고

지금으로도 충분하니
더 이상 그러지 말아야 해

채송화

어릴 적 앞마당
양지바른 곳

예쁘게 피어난
나의 채송화

만져보면 나인 듯
쳐다봐도 나인 듯

항상 거기 있던
나의 채송화

붉은빛의 줄기
너무 연약해

꺾어질까 부러질까
애태우던 채송화

노란색 빨간색 주황색
색깔 따라 내 마음도
춤추고

어린 시절
외로웠던 나와 함께였던
나의 채송화

그립다
어린 시절
돌아갈 수 없으니

추억에서라도 만나고픈
나의 채송화

이해를 넘어서서

내 인식의 한계로
나의 삶이 구속되네

나의 능력의 한계로
나의 삶이 부끄럽네

이해할 수 없음에
넘어설 수밖에

아니 이해를
포기하는 게 더 나을지도

아는 것보다
알지 못함이 많아

모름에 익숙하고
이해를 포기하여
그 너머에 이를 수 있으리니

아틀란티스

모든 것이 있었던 그곳
하지만 사라져 버린 그곳

바닷속 깊이
아무도 모르는 곳

찬란했던 순간
영광의 순간은
깊이 묻혀

아무도 알 수 없는 곳
누구도 가보지 못한 곳으로
영원히 침잠했구나

어쩌면 누구나의 가슴에
살아 있을지도 모르는 그곳

오늘도 나의 아틀란티스는
찬란한 불빛을 드리우며

언제 올지도 모를
나를 기다리고 있는지도 모른다.

내일의 해가 동녘에 떠오르면
나는 나의 아틀란티스를 찾아
힘찬 발걸음으로 다시 떠나리라

하얀 운동화

길고 검은 루즈 핏
가오리 티 예쁜 옷

노래를 부르며
가벼운 춤을 추는
하얀 운동화의 그녀

익숙하지 않은 춤
화려한 동작은 아니지만

어딘지 모를 순수함
어딘지 모를 어울림

조용히 감은 눈
가녀린 어깨춤

손을 높이 들고
부르는 노래에

나의 아픈 마음마저
치유되는 듯

그녀의 노래와
그녀의 소박한 춤

그리고 내 눈길을 사로잡는
그녀의 하얀 운동화

진리를 찾아서

비본질은 필요 없음이라
생명 없음은 의미 없음이라

시간과 관계없이
공간도 관계없이
존재 자체가 의미 있음이라

내 스스로를 정립하며
내 속에서 살아 숨 쉬는
나의 실재를 찾음이라

참됨을 찾는 건
주체로서의 나아갈 바니

진리를 찾는 건
나를 보기 위함이며
곧 나를 찾기 위함이니

벙이

내 친구가 키우던 벙이
같이 있을 줄 알았지만
함께 오지 못한 벙이

친구하고 놀 때
나한테도 다가오던 벙이

폭신한 하얀 털에
갈색 이쁜 반점

친구를 닮은 듯
착하고 이쁜 벙이

지금 있는 곳이 더 행복할 수도
너의 친구들이 거기 있으니

같이 있지 못해도
있는 곳에서 행복하기를

서로를 아끼는
친구와 벙이의
마음은 하나
그 마음 영원하리라

나를 위해

나는 이제 나를 위해
살으렵니다

다른 사람보다
내 자신을 위해
살으렵니다

내 마음의 평안과 기쁨을 위해
다른 사람은 생각 않겠습니다.

미안하지만 어쩔 수 없습니다.

나에겐 그리 시간이 많지도
능력이 많지도 않기 때문입니다

다른 사람에 의해 내 자신을
잃고 싶지 않습니다.

서운해도 상관없습니다
아쉬워도 상관없습니다.

나를 좋아한다는 것도 거짓이었고
나를 믿는다는 것도 거짓이었습니다.

당신을 위해 나를 핑계하였고
당신을 위해 나와 소통하였습니다.

나를 진정으로 위해주는 사람이
누구인지 이제는 잘 압니다.

나를 끝까지 믿어주는 사람이
누구인지 이제 압니다.

이제 나의 길을 가렵니다
내 자신을 위한 여행을 떠나렵니다

사랑은 없다

처음하고 나중이 틀리기에
상대보다 자신을 생각하기에

자신이 원하는 것이 우선이기에
끝까지 믿어주지 않기에

자신을 내려놓지 못하기에
상대를 받아들이지 못하기에

실수를 용납하지 않기에
자신이 더 낫다 생각하기에

양보하지 않기에
배려하지 않기에

본인의 편함이 우선이기에
상대가 자신을 위해 있다 생각하기에

참아주지 않기에
감정대로 하기에
받은 것을 잊기에
같이 했던 시간을 무시하기에

많은 것을 바라기에
만족하지 못하기에

있고 없음은
백지 한 장 차이입니다

타인의 지배

타인은 나의 세계가 아닌 것을
그에 의한 지배는 고달파라

그의 지배로 인한 불안한 세계
나의 평범한 일상도 사라지고

억압된 그의 지배는
나의 존재마저 앗아가고

그의 끝없는 지배가 없는
나의 본래적 세계가 그리워라.

연금술

미움에서 사랑으로
완벽함에서 덜 완벽함으로

부정에서 긍정으로
이해에서 받아줌으로

의혹에서 믿음으로
불만에서 만족으로

비난에서 칭찬으로
외로움에서 즐거움으로

심각함에서 신남으로
좁은 마음에서 넓은 마음으로

못난 나에서 멋진 나로
나는 내 자신의 연금술사

갈 수 있네

이제 당신께
갈 수가 있네

모든 의심이
끝났으니

나를 많이
기다렸던 당신께
이제는 갈 수가 있네

당신을 기다리게 한
나의 무지함

그래도 인연이 되어
당신께 갈 수 있네

지구 위엔 70억의 인구
당신을 만날 수 있는 확률은
70억분의 일

하늘의 뜻이 아니라면
불가능한 것

당신을 만날 희망으로
내 심장은 두근거리고

웃으며 만나는 그날
두 손을 꼭 잡아주리라

제로에 가까운 확률로 만난 우리
그 인연은 영원하리라

본성

얼음은 차갑고
공은 둥글고

하늘은 파랗고
소나무는 푸르고

봄에 꽃이 피고
겨울엔 눈이 오고

물은 아래로 흐르고
연기는 위로 오르고

다른 건 다 아는데

나의 본성은 무엇인지
알 수가 없네

신경 쓸 것 없네

아무것도 아니네
지나고 나면

기억도 안 나네
조그만 거라

별것도 아니네
생각해 보면

웃어야 하겠네
재밌게 살려면

고민 필요 없네
다 그런 거니깐

신경 쓸 거 없네
가족이니깐

나부터

나의 밖은 나중이고
나의 안이 우선이리

바깥의 세상은
나의 능력 밖

안의 세상은
나의 능력 안

나의 안이 깨끗해야
나의 밖도 깨끗하리

나를 고쳐야
세상이 달라지리

나의 안이 바뀌니
바깥이 달리 보이네

모하비 사막

이글이글 끓는 태양
내리꽂는 햇빛

붉은빛 대지엔
생명마저 잠들 듯

숨 쉬기조차 힘든
메마른 대기

풀 한 포기 없는
삭막한 불모지

끝없는 이 공간엔
죽음의 그림자뿐

그 옛날의
모하비 인디언의 모습은
한없이 드리우고

불가사의한 그들의 삶은
참으로 경이로와라

고요

요동치는 파도
세찬 비바람
혼란스런 내 마음

타인의 말
타인의 행동에
가슴이 저미고

마음의 동요
마음의 불편함은
어서 사라지길

나의 침묵과
나의 단호함은
생각마저 잠재워

온전한 평안과
마음의 잔잔함이
나를 둘러싸기를

졸음

창문으로 스며드는
따뜻한 햇살

이제 겨울은 가고
봄이 오누나

웅크렸던 내 마음
서서히 사라지고

시린 겨울은 가고
따스한 시간이 오리니

평안하고픈 마음과 함께
밀려오는 졸음

자전거

왼쪽으로 기우뚱
오른쪽으로 기우뚱

서 있으면 넘어지니
계속 굴려야 하네

앞바퀴 뒷바퀴
하나같이 움직이네

나 이제 이쪽이나 저쪽으로
치우치지 않으리

쉼 없이 일해야 하니
즐겁게 하리

너와 내가 따로가 아니니
하나라 생각하리

다 함께 가다 보면
좋은 일도 있으리

떠난 후에

지하철역 개표구
마지막 순간

이제 가면 다시는
만나지 못하리

차라리 만나지 말걸
얄궂은 운명이여

내 힘으론 어쩔 수 없는
장난 같은 운명이여

마지막 뒷모습은
가슴속에 남고

마지막 목소리는
뇌리를 감싸네

분별

옳고 그름도 없으니
판단도 의미 없으리

분별할 필요도 없으니
받아들이면 될 뿐

나 이제 떠나리
모든 것을 버리고

연연하지 않으리
지나갔으니

슬퍼하지 않으리
기뻤으므로

돌아보지 않으리
후회 없으니

분별없음이 나를
자유케 하였노라

잊혀지는 시간들

흐르는 시간 속에
마음도 떠나가고

바쁜 세월 속에
추억조차 잊었어라

같이 했던 시간은
저 멀리 사라지고

함께 했던 순간들도
연기처럼 사라지네

그리웠던 마음도
어디론가 가버리고

이제는 영영 떠난
한 많은 세월이여

기회

힘들고 어려운 것도
어쩌면 기회일 수 있기에

고난과 괴로움도
아무에게나 주어지지 않기에

눈물과 절망이
기쁨과 희망으로 될 수 있기에

어제의 아픔은
오늘의 즐거움으로

오늘의 역경은
내일의 영광으로

고난이 클수록
더 성장할 수 있기에

모든 것은 나에게
정말 소중한 기회일 수도

나비

나비가 되고 싶어

추운 겨울이 가고
봄이 다가오네

산의 눈은 녹고
예쁜 꽃이 피어나네

따뜻한 봄바람에
나비가 날아왔네

자유롭게 날아다니는
예쁜 나비가 되었으면

나비가 되고 싶다
나비가 되고 싶어

이것과 저것

사는 게 죽는 거고 죽는 게 사는 걸까?
이생이 저 생이고 저 생이 이생일까?

현실이 꿈이고 꿈이 현실일까?
내가 너고 네가 나일까?

나도 없고 너도 없는 건 아닐까?
이것이 저것이고 저것이 이것일까?

모든 것이 다 똑같은 건 아닐는지

아프지 않다

외로워도 아프지 않네
잊혔어도 슬프지 않네

볼 수 없어도 그립지 않아
할 수 없어도 아쉽지 않아

삶은 어차피 그런 것

외롭지 않을 수 없고
잊혀질수 밖에 없어

이젠 더 이상 아프지 않아

가까이 갈 수 없기에

마음이 아파라
가까이 갈 수 없기에

흐르는 눈물에
당신이 더욱 그립고

깊은 밤 잠은 오지 않고
눈앞에 아련한 그대 모습

슬픈 운명이어라
가까이 갈 수 없음은

감정을 넘어서

지나오면서 겪었던 아픔과
원하지 않았던 역경

그런 것들의 누적이
나의 고통의 원인이 되니

이로 인한 비정상적인 반응은
나를 파멸로 이끄네

하지만 이것도 극복해야 할
대상일 뿐이니

이런 것들로 사로잡히지 않으리
그것으로부터 자유로우리

거기에 새로운 내가 있고
나의 새로운 삶이 있으니

우연이 아니니

우연이지만 필연일지도 모릅니다
그렇게 만나기란 쉽지 않은 것이니

지나가다 만난 듯하지만
그 자리에 있었기에 가능합니다.

그냥 흘러가는 시간중 하나였지만
그 시간이었기에 가능했습니다.

지나쳐 버릴 뻔했지만
다시 돌아왔습니다.

그리고 그렇게 만났습니다
우연이 아니라 운명이었습니다

호숫가에서

산 너머로 지는 태양
노을은 눈부시고

인적없는 호숫가엔
정적만이 감도네

바람마저 불지 않아
물결마저 잠잠하고

어디선가 들려오는
저녁 종소리

오랜만에 느껴보는
평안의 시간이여

내면

세상의 즐거움은
순간뿐
다 잊혀지리니

나의 내면의 깊은 속으로
침잠할 때라

많은 생각과
수많은 고민을 떨치고

과감히 그곳으로
뛰어들리니

그곳에선
알 수 없는 평안과
나의 살아 있음을
느낄 수 있으리

그 어떤 즐거움도
견줄 바 없으리

상처

누구나 다 상처가 있으니
나만의 문제가 아니리

아픔은 고통을 낳으니
과거의 상처는 치유해야 하리

상처는 기억일 뿐
현재의 나와는 상관없으리

상처는 실존하지 않으니
과감하게 치유할 수 있으리

기억 속의 과거는
내 스스로 바꿀 수 있으니

나의 상처는 내가
치유할 수 있으리

어떤 상처도 치유할 수 있는
나는 나의 명의가 되리

단순함

사소하고 복잡한 일들이
아무리 많아도

힘들고 어려운 일들이
아무리 많아도

단순함으로 해결할 수 있으리

불필요한 것은 없애고
중요한 것에만 집중하리

어떤 난제라도
언젠가 해결할 수 있으리

하나씩 하나씩
단순함의 위대함으로

삶의 이유

내 삶의 원천은 무엇이었는가
살아가야 할 이유는 변함없는 것인가

어디에 근본을 두었던가?
그 근본이 의미가 있었던가?

내 삶은 그간 껍데기에 공을 들였던가?
그것이 허상이었다는 것도 몰랐던가?

나의 모든 것을 걸지 말지니
삶의 이유는 변할지도 모르니

내 삶의 이유는 그냥 없음이라

욕망

욕망은 한 번의 실현으로
끝남이 없으니
단지 대상을 의지함이라

대상의 존재 자체가 무의미하기에
실현 그 자체는 허무할 뿐이라

욕망을 버리는 것이
실현하는 것보다 나으리니
존재에 대한 애착도 버려야 하리라

행복과 불행의 연속은
단순한 반복에 불과할 뿐

그 모든 것을 끊고
거기로부터 자유로우리

표상

표상이 단순할 수 있듯
믿을 수 없네

지각에 입각할 뿐
그것이 전부는 아니리

지각의 조합도
표상의 일부일 뿐
의미가 없네

표상에 근거한 판단이
삶을 망칠 수도

표상은 실재도 아니기에
삶의 기준이 아니리

노력

제일 힘을 기울여야 할 것은
더 나은 내가 되기 위한 것이리

나 자신을 돌아보고
현재의 나를 인식하고
더 나은 내일의 나를 위하여
힘써야 하리니

보잘것없는 내 자신이지만
조금이라도 나은 내가 돼야 하리니

오늘은 나 자신을 어떤 노력을 하였는가?
부끄럽지 않은 오늘을 살았는지

나를 위한 최선의 노력
그것만이 살길이어늘

꿀벌

복실복실하게도
이쁘게도 생겼네

이 꽃에서 저 꽃으로
부지런히 날아다니네

꿀벌은 어쩌면 큐피드일 수도

꽃가루를 나르니
식물의 풍성함이 그로부터 나오네

꿀을 삼켜서 집으로 가져가네
꿀 한 숟가락을 위해
4000번의 왕복도 마다않네

꿀벌의 비행은 소통이네
원형 비행과 8자 비행은
다 이유가 있네

꿀벌의 비행은
위대할지도

마음이 따뜻한 사람

아무 때 찾아가도
얘기를 할 수 있고
나의 아픔과 힘든 것도
부끄러움 없이 보여줄 수 있어

나를 그러려니 받아주고
너그러이 이해해주는

중간에 변함없이
처음과 끝이 같은

나를 믿어주되 의심 없이
끝까지 믿어주는

어디로 떠나고 싶을 때
거리낌 없이 함께 가고 싶은

자신의 주장을 강요하지 않고
자신의 생각을 관철시키려 하지 않는

자신의 이익을 생각하기보다
서로를 먼저 생각하는

목적을 가지고 만나지 않고
정을 나누기 위해 만나는

과거를 함께 돌아보고
미래를 같이 얘기하는

창밖에 비가 내리면 생각나고
첫눈이 내리면 만나고 싶은

언제든 연락하면 고민 없이
나에게 달려오는

잘 자라고 인사하고
밥 먹었냐고 물어보는

잘 난 체나 하는 체하지도 않고
침묵할 줄 아는

따스한 커피를 마시며
한없이 웃으며 얘기할 수 있는 사

같이 있으면 편하고
떨어져 있으면 그리운

주어진 나머지 시간을
같이 즐기며 지낼 수 있는

그런 사람

고정 관념

더 나은 내 자신을 위하여
나의 한계를 깨어야 하리니

고정 관념도 그중에 하나이리

어릴 적부터
사회적으로
무의식적으로
나에게 존재하는 고정 관념

나의 객관화의 한계일밖에

고정 관념을 깨기 위해

모든 것을 의심하고
많은 것과 교류하여
세상에 대한 열린 가치관을
가져야 하리니

어제보다 나은 오늘
오늘보다 나은 내일을 위한
나에 대한 최소한의 의무일지니

견해

나의 생각은
정답이 아닐 수 있기에

생각을 유연하게 하지 않음은
하찮은 고집과 다름아니라

많은 다툼은 견해에 대한
집착으로 인함일지라

다툼을 줄이고
평안과 화평을 위해

나의 견해에 대한 집착을
자꾸 깨나가야 하리라

밤안개

오늘 하루도
이렇게 지나가고

밤은 깊어 가는데
안개마저 자욱해

멀리 보이는 안개 속엔
가로등 불빛만 그윽하고

기다리던 소식은
들리지 않네

저 안개를 뚫고
그 소식이 오려는지

안개라도 걷혔으면
뿌연 안개라도 사라졌으면

버림

정태성 네 번째 시집   값 8,000원

초판발행   2021년 9월 15일
지 은 이   정태성
펴 낸 이   정주택
펴 낸 곳   도서출판 코스모스
주   소   충북 청주시 서원구 신율로 13
대표전화   043-234-7027
팩   스   050-7535-7027

ISBN 979-11-91926-03-3

밤이 깊어갑니다
이제는 가야 합니다.

짧지 않은 시간
편했습니다.

무거웠던 짐이
조금은 가벼워진 듯합니다.

머무르지 못하고
가야만 하기에

계속 있지 못하고
떠나야 하기에

그렇게 가야만 하는 게
나의 운명인가 봅니다

마음은 아프지만
어쩔 수 없다는 걸 압니다.

그렇게 나는
이제 가야 합니다.

값 8,000원
03800

9 791191 926033
ISBN 979-11-91926-03-3

앎

정 태 성 · 다섯 번째 시집

도서출판 코스모스

지은이 **정 태 성**

미국 캘리포니아대학 물리학 박사
스위스 제네바대학 박사후연구원
한신대학교에서 교수(2008~현재)
현대시선으로 등단, 한국문인협회 회원

시집
"됨", "있음", "없음", "버림"

수필집
"삶에는 답이 없다", "행복한 책읽기"

저서
"우주의 기원과 진화", "과학의 위대한 순간들",
"뉴턴과 근대과학 탄생의 비밀", "대학물리학",
"물리로 보는 세계", "노벨상 나와라 뚝딱",
"노자와 함께 하는 삶의 원리"

블로그 https://blog.naver.com/pinokio5793

브런치 https://brunch.co.kr/@mnd0703